AF592301

9 Juin 1909

marqué PN

Tableaux Anciens

GOUACHES

Œuvre célèbre de J. DUCREUX : Le Moqueur

Me HENRI BAUDOIN

M. GEORGES SORTAIS

TABLEAUX ANCIENS

GOUACHES

CONDITIONS DE LA VENTE

Elle sera faite au comptant.

Les adjudicataires paieront *dix pour cent* en sus des enchères.

Paris. — Imp. Georges Petit, 12, rue Godot-de-Mauroi. — [illegible]

CATALOGUE

DES

Tableaux Anciens

ET

GOUACHES

PAR

BOULLONGNE, CASANOVA, DANLOUX, DEMARNE
DUCREUX (J.), LAJOUE, MULLER (W.), NOEL (A.-J.), POUSSIN (N.)
REYNOLDS (SIR JOSHUA)
ROBERT (HUBERT), TAUNAY, TENIERS, VERNET (JOSEPH)

ŒUVRE CÉLÈBRE :

Le Moqueur, par DUCREUX

DONT LA VENTE AUX ENCHÈRES PUBLIQUES AURA LIEU

HOTEL DROUOT, SALLE N° 7

Le Mercredi 9 Juin 1909

à trois heures

Me HENRI BAUDOIN
COMMISSAIRE-PRISEUR
Successeur de Me PAUL CHEVALLIER
10, rue Grange-Batelière, 10

M. GEORGES SORTAIS
PEINTRE-EXPERT PRÈS LE TRIBUNAL CIVIL
11, rue Scribe, 11
PARIS

EXPOSITION PUBLIQUE

Le Mardi 8 Juin 1909, de 1 h. 1/2 à 6 heures

Tableaux Anciens

GOUACHES

BERGHEM

(NICOLAS)

1 — *La Chanson rustique.*

Dans l'étable, éclairée d'une lumière blonde, où moutons et vaches sont au repos, le berger, assis sur un coffre à grains, joue de la flûte, tandis que devant lui la bergère, maritorne aux hanches puissantes, tire sa quenouille. A droite, un chien est arrêté, attentif.

Panneau. Haut., 26 cent.; larg., 20 cent.

BILCOQ

(MARC-ANTOINE)

2 — *Le Petit Savoyard.*

Dans la montagne, allant, l'air guilleret, jusqu'à la prochaine étape, il est vu tenant son bâton de la main gauche ; le bras droit porte sur une petite boîte qui pend au côté du voyageur.

Signé en bas, à droite : *Bilcoq.*

Panneau. Haut., 22 cent.; larg., 17 cent.

BILCOQ

(MARC-ANTOINE)

3 — *Paysanne à la fontaine.*

Au bord d'un ruisseau, une jeune femme est arrêtée : elle a posé la cruche qu'elle portait sur la tête sur une pierre à côté d'elle.

Signé en bas, à gauche : *Bilcoq.*

Panneau. Haut., 22 cent.; larg., 17 cent.

Le Moulin à eau

BOUCHER

(Attribué à FRANÇOIS)

4 — *Le Moulin à eau.*

A droite, le moulin à eau, dont la roue est en mouvement et égoutte, en cascade, l'eau soulevée par ses palettes. Un petit pont, qui s'arrête au seuil du moulin, mène, vers la gauche, à de beaux arbres, qui occupent le bord de la rivière. Au premier plan, vers le milieu et à l'extrémité d'une passerelle rustique, une femme est occupée à laver son linge.

Le ciel clair est traversé de beaux nuages légers, transparents, aériens.

Toile. Haut., cent.; larg., cent.

BOULLONGNE

(BON)

(1645-1708)

5 — *Tobie rendant la vue à son père.*

« Alors Tobie, prenant du fiel du poisson, en frotta les yeux de son père.

» Et il attendit environ une demi-heure, et la taie commença à sortir de l'œil comme la membrane d'un œuf. »

(Tobie, chap. XI.)

Toile. Haut., 60 cent.; larg., 77 cent.

COTELLE

(École de)

6 — *Le Triomphe d'Antoine.*

Debout dans son char, appuyé sur son bâton de commandement, l'imperator s'avance, traîné par des éléphants; devant lui, des danseuses et des joueuses de trompe; autour de lui, des cavaliers armés de la lance et du bouclier ou portant les aigles romaines. Au fond, les constructions monumentales d'une ville.

Peinture à la gouache sur panneau, avec des rehauts d'or.

Panneau. Haut., 27 cent.; larg., 58 cent.

CASANOVA

(FRANÇOIS)

7 — *L'Heure du repos.*

Dans la campagne, des gens et des animaux se reposent au pied d'un rocher, après une rude journée. A droite, un jeune homme cause avec la bergère, pendant qu'un jeune garçon les regarde. Plus au fond, un homme ramasse du foin, pour le donner au cheval que l'on voit en arrière.

Toile. Haut., 1 m. 05; larg., 89 cent.

DANLOUX

(PIERRE)

1745-1809.

8 — *Portrait d'homme.*

Il est vu jusqu'à la poitrine, de trois quarts à droite, vêtu d'un habit de velours bleu foncé, qui se croise sur une cravate blanche à jabot de dentelle.

Il a les traits fins, les yeux bleus, le front découvert encadré de cheveux grisonnants coiffés en coup de vent.

La figure se détache sur un fond neutre.

Toile. Haut., 45 cent. 1/2; larg., 35 cent.

DEMARNE

(JEAN-LOUIS)

9 — *Le Champ de blé.*

Sur la route qui longe une rivière, des paysans sont groupés près d'une fontaine; plus loin, au pied d'un gros arbre, une chapelle gothique où sont agenouillés deux autres paysans.

Le ciel chargé de nuages couvre la campagne.

Toile. Haut., 46 cent.; larg., 55 cent.

Cadre Louis XVI, en bois sculpté et doré.

DUCREUX

(JOSEPH)

1737-1802.

10 — *Le Moqueur.*

Il est debout, de trois quarts à gauche, et vu jusqu'à mi-jambes. Il porte un habit marron. Il s'esclaffe de toute la gaieté de sa bonne figure de railleur aimable, qui ne mêle à sa spirituelle ironie nulle méchanceté. Il est coiffé, sur ses cheveux poudrés, d'un feutre noir, à larges bords, incliné sur la tempe.

Il s'appuie de la main gauche sur sa canne, et de la main droite, l'index allongé, souligne la plaisanterie que formule sa bouche large ouverte et découvrant les dents.

Ce moqueur n'est autre que Ducreux lui-même.

Le titre est écrit au dos de la toile.

Toile. Haut., 91 cent.; larg., 70 cent.

Exposé au Salon de 1793 sous ce titre : *Un **Moqueur** qui montre au doigt* (3 pieds 2 pouces de haut, sur 2 pieds 1/2 de large).

Ducreux Joseph

Le Moqueur

20 000

FRAGONARD

(École d'HONORÉ)

11 — ***Fillette apportant un nid à sa mère.***

Peinture en camaïeu.

Toile. Haut., 57 cent.; larg., 46 cent.

ÉCOLE ANGLAISE

XVIIIe siècle.

12 — ***Chez le marchand de chevaux.***

Tandis qu'un boy tient par la bride un cheval bai vu de profil, le marchand, placé derrière l'animal, en fait valoir le prix à un acheteur qui paraît encore indécis. Au fond, à droite, on aperçoit un palefrenier en train de panser un cheval vu de croupe.

Toile. Haut., 58 cent.; larg., 70 cent.

ÉCOLE FRANÇAISE

XVIe siècle.

13 — ***Portrait de Loys de Bercier.***

Il est représenté jusqu'à mi-corps, en pourpoint rouge rayé de noir, avec des manches de gilet blanc étoilées d'or. Sa jeune tête, coiffée d'un bonnet de velours noir ornée d'une chaîne de cabochons grenat, est portée sur une fraise de batiste blanche à tuyautés rigides. De la main gauche, il tient une lance et la droite s'appuie à la hanche. A gauche, en haut, on lit l'inscription suivante en lettres capitales :

LE CORPS ET LE VISAIGE
DE LOYS DE BERCIER
EST PEINT ICY SVR L'AGE
DE SON AN DIXENIER
ANNO. 1574

Panneau. Haut., 40 cent. 1/2; larg., 34 cent.

ÉCOLE FRANÇAISE

XVIIIe siècle.

14 — *Portrait d'homme.*

Toile. Haut., 74 cent.; larg., 61 cent.

ÉCOLE FRANÇAISE

Commencement du XIXe siècle.

15 — *Le Vieux blessé racontant ses batailles.*

Panneau. Haut., 43 cent.; larg., 55 cent.

ÉCOLE FRANÇAISE

XVIIIe siècle.

16 — *L'Amoureuse surprise.*

Panneau. Haut., 20 cent.; larg., 25 cent.

GÉRICAULT

(Attribué à TH.)

17 — *Le Radeau de la Méduse.*

Toile. Haut., 59 cent.; larg., 80 cent.

ÉCOLE FRANÇAISE

14. — *Portrait d'homme.*

ÉCOLE FRANÇAISE

15. — *Le [illegible]*

ÉCOLE FRANÇAISE

16. — *L'Amour endormi.*

GÉRICAULT

17. — *Le Radeau de la Méduse.*

N° 18. — LAJOUE (J.)

N° 19. — LAJOUE (J.)

LAJOUE

(JACQUES)

1687-1761.

PENDANT DU SUIVANT

18 — *Le Pylône du veilleur, à l'entrée du port.*

La construction s'élève à droite, dominée par un belvédère. A gauche, un bateau de pêche amarré, et deux personnages debout au bord de l'eau.

Signé à droite, en bas, sur les marches : *Lajoue.*

Panneau. Haut., 38 cent. ; larg., 25 cent.

Cadre en bois sculpté et doré de l'époque de la Régence.

LAJOUE

(JACQUES)

PENDANT DU PRÉCÉDENT

19 — *Cascade dans les ruines.*

Signé à droite, vers le bas : *Lajoue.*

Panneau. Haut., 38 cent. ; larg., 25 cent.

Cadre en bois sculpté et doré de l'époque de la Régence.

LANCRET

(Attribué à NICOLAS)

1690-1743.

20 — *Portrait de M. de Julienne.*

Il est représenté à mi-corps, de trois quarts à droite, la tête coiffée de la perruque basse à boucles et poudrée. Il est vêtu d'un habit d'étoffe noire déboutonné sur une chemise de batiste blanche festonnée. Il s'appuie du bras droit sur un balcon de pierre. A droite, un pan de draperie rouge.

Toile de forme ovale. Haut., 85 cent.; larg., 64 cent.

Cadre en bois sculpté.

LANCRET

(D'après NICOLAS)

21 — *La Terre.*

Copie ancienne.

Cadre à fronton en bois sculpté et doré.

Toile. Haut., 75 cent. 1/2; larg., 98 cent.

N° 32 LARGILLIERRE (N. de)

LARGILLIERRE

(NICOLAS DE)

1656-1746

22 — *Portrait présumé de la Comtesse de Saint-Phalle.*

Elle est représentée presque de face, légèrement tournée vers la droite, jusqu'à mi-corps, en corsage de velours bleu à guipure d'argent doublée d'une soie brochée, laissant à découvert la poitrine : un manteau de velours grenat est jeté sur l'épaule gauche ; son visage rose, aux traits fins, s'encadre d'une haute coiffure blonde, légèrement poudrée, dans laquelle est passé un ruban de velours rouge. Sa tête se détache sur un fond sombre.

Cette peinture a été restaurée.

Toile. Haut., 81 cent. ; larg., 66 cent.

LARGILLIERRE

(NICOLAS DE)

23 — *Portrait présumé du Comte de Saint-Phalle.*

Il est représenté presque de face, jusqu'à mi-corps, enveloppé d'un manteau de velours lie de vin; son visage rose, aux traits énergiques, est encadré d'une haute perruque brune bouclée dont les boucles descendent sur les épaules; il porte au cou une cravate de mousseline ornée de dentelles fines.

Le portrait se détache sur un fond de paysage dans lequel se dresse une colonne d'ordre toscan.

Cette peinture a été restaurée.

Toile. Haut., 81 cent.; larg., 66 cent.

N° 23. — LARGILLIERRE (N. de).

LAWRENCE

(Atelier de Sir THOMAS)

24 — *Portrait de Miss Croker.*

Elle est vue jusqu'à mi-corps, presque de face, en corsage décolleté blanc verdâtre. Elle a les lèvres roses, le nez volontaire, les yeux bleus et clairs, intelligents et tendres. Ses cheveux noirs, à reflets fauves et coiffés en bouclettes, sont retenus par un ruban de même couleur que la robe. Elle porte autour du cou une chaîne sautoir en or.

L'expression de son visage est délicieusement attachante. La jeune fille est assise sur un siège d'acajou à garniture d'étoffe marron. La figure se détache sur un fond sombre.

Toile de forme ovale. Haut., 65 cent. ; larg., 55 cent.

MULLER

(WILLIAM)

1812-1845.

25 — *La Plaine.*

Au premier plan, à gauche, un petit pont, sur lequel sont arrêtés deux gamins occupés à pêcher. A droite, dans les premiers plans, des canards qui barbotent dans la rivière. Au milieu, des chaumières, au dessus desquelles s'élèvent les panaches feuillus de grands arbres. A droite, au fond, une plaine où paissent des vaches. Puis, au loin, des moulins, un village, la lisière d'un bois, et l'infini, avec un ciel magnifique où la lumière du soleil, selon les caprices atmosphériques, envole des nuées brodées de neige, ou roule des nuages menaçants de tempête.

Toile. Haut., 67 cent.; larg., 1 m. 10

N° 25 — MULLER (W.)

NOEL

(ALEXANDRE-JEAN)

1752-1834

26 — *Un Coup de vent dans une rade.*

Gouache.

Haut., 64 cent.; larg., 95 cent.

Salon de 1800.

PANINI

(JEAN-PAUL)

1695-1768.

27 — *Prière à la déesse.*

Dans un temple, au pied d'une statue de déesse, deux femmes sont en prière et apportent leur offrande. Le fond du temple est vivement éclairé.

Panneau. Haut., 23 cent; larg., 16 cent.

PANINI

(JEAN-PAUL)

28 — *Le Sacrifice à la déesse.*

Dans un temple, au pied d'une statue de déesse, des personnages apportent l'offrande et la supplication. Les aromates brûlent dans un réchaud. Et, tandis qu'une des figures est à genoux et supplie, une autre, derrière, porte sur un plateau deux colombes blanches ; une troisième figure accompagne l'invocation du chant de sa diaule.

Haut., 23 cent.; larg., 16 cent.

PIAZZETTA

(Attribué à)

DEUX DESSUS DE PORTES

29 — *Le Pâtre.*

Dans la campagne, un pâtre garde son troupeau tout en jouant de la flûte.

30 — *La Femme aux pigeons.*

Toiles. Haut., 1 m. 05 ; larg., 1 m. 58.

Cadres en bois sculpté.

POUSSIN

(NICOLAS)

(1594-1665)

31 — *Un Jeune bacchant.*

Adossé contre une colonne à laquelle grimpe un cep de vigne, le jeune bacchant nu, gras et rose, est assis, couronné de feuilles et il boit dans une coupe le jus des grappes mûres. Sa main droite s'apprête à puiser encore du raisin dans une cuve de marbre qui en est remplie et sur laquelle il appuie son corps qui semble déjà en équilibre douteux.

Toile. Haut., 35 cent. ; larg., 28 cent.

RAOUX

(D'après JEAN)

32 — *La Leçon de musique.*

Copie ancienne.

Toile. Haut., 98 cent.; larg., 1 m. 30.

N° 33. — REYNOLDS (J.)

REYNOLDS

(Sir JOSHUA)

1723-1792.

33 — *Portrait de femme.*

Elle est représentée de trois quarts à droite et sa figure se détache sur un fond sombre. Elle est vêtue d'une robe bleu clair au corsage décolleté, avec des manches à crevés garnies d'un galon d'or. De la main gauche, elle relève un pan de son manteau bleu. Ses cheveux châtain clair sont coiffés savamment et laissent flotter une boucle sur l'épaule gauche.

Peinture de la jeunesse du maître.

Toile. Haut., 76 cent. ; larg., 64 cent.

RIGAUD

(HYACINTHE)

34 — ***Portrait de Jules Robert de Cotte.***

Vu debout jusqu'aux genoux, presque de face, la tête haute légèrement tournée vers la droite, et encadrée de la haute perruque poudrée retombant en boucles sur les épaules. Il est vêtu d'un habit rouge brique orné de broderie d'or; un manteau vert prune à revers de brocart d'or passe sur l'épaule gauche, retenu par la main posée sur la hanche; la droite est posée sur une console en bois sculpté et doré. Au second plan, à gauche, une balustrade de pierre d'où s'élèvent à gauche une colonne et à droite un vase. Fond de paysage.

Toile. Haut., 1 m. 40; larg., 1 m. 10.

ROBERT

(HUBERT)

35 — ***Le Portique.***

Réunion de personnages devant un portique.

Bois. Diam., 16 cent.

ROBERT

(HUBERT)

36 — ***Réunion nocturne.***

Sur le bord de la mer, des personnages se tiennent autour d'un feu par un clair de lune.

Bois. Diam., 16 cent.

ROBERT

(HUBERT)

37 — *Le Torrent.*

Deux personnages conversent près d'un torrent, parmi les rochers.

Bois. Diam., 16 cent.

ROBERT

(HUBERT)

38 — *La Baie.*

Plusieurs personnages réunis dans le haut d'un escalier.

Bois. Diam., 16 cent.

TAUNAY

(NICOLAS-ANTOINE)

1755-1830

39 — *Les Troupes à la frontière d'Espagne, en 1808.*

Tandis que les troupes marchent, elles sont escortées d'une masse de gens qui vivaient dans le sillon de l'armée. A gauche, des massifs d'arbres ; au fond, une porte ancienne sur un ciel chargé de nuages.

Signé du monogramme, à droite, en bas, sur une roche.

Toile. Haut., 52 cent.; larg., 81 cent.

TENIERS

(D.)

40 — *Teniers jeune dans son atelier.*

Dans son atelier, près de la fenêtre qui laisse filtrer à travers ses vitraux une lumière blonde, Teniers est assis, en train de broyer de la couleur dans un large godet. Il a suspendu son bonnet au coin du dossier de son fauteuil. Autour de lui, meubles et objets divers sont distribués et exécutés avec une maîtrise extraordinaire.

Signé à droite, en bas.

Toile. Haut., 22 cent.; larg., 31 cent.

N° 40. — TÉNIERS (D.)

3500

TROY

(FRANÇOIS DE)

1654-1730.

41 — *Portrait de Mme de la T...*

Elle est assise à sa table de travail couverte d'un tapis de velours rose, et feuillette un livre de psychologie. Elle est vêtue d'un costume de soie jaune qui s'ouvre sur un corsage décolleté bleu vert, à galons d'or retenus par des cabochons de grenats. Ses cheveux frisés et coiffés bas sont poudrés. Elle a les yeux noirs, la bouche souriante, le nez expressif, le teint animé. Son fauteuil de bois sculpté et doré est garni de soie damassée.

Toile. Haut., 80 cent.; larg., 1 m. 01.

TROY

(D'après FRANÇOIS DE)

42 — *Amours antiques.*

Toile. Haut., 70 cent.; larg., 93 cent.

VERNET

(JOSEPH)

1714-1789.

43 — *Pêcheurs au bord de l'Adriatique.*

Toile. Haut., 55 cent.; larg., 9[illegible] cent.

VERNET

(JOSEPH)

44 — *Cascade dans la Campagne romaine.*

Toile. Haut., 54 cent.; larg., 65 cent.

N° 43. — VERNET (Joseph)

N° 44. — VERNET (Joseph)

WALKER

45 — *La Lettre d'amour.*

Elles sont toutes deux au fond d'un parc, non loin d'un endroit où se trouve un amour en marbre. L'une tient une lettre, où des vers amoureux sont écrits sous un cœur percé d'une flèche ; l'autre, une jeune fille vue de dos, baisse la tête, inquiète de son secret qui vient d'être surpris.

Signé à droite, en bas : *H. Walker, 1850.*

Toile. Haut., 35 cent.; larg., 46 cent.

WALLAERT

P. A.

Fin du XVIIIe siècle.

46 — *L'Entrée du port.*

Peinture sur carton de forme ronde.

Diam., 28 cent.

WALLAERT

(P.)

47 — ***La Tempête.***

Signé à droite, en bas : *P. Wallaert.*

Peinture sur carton de forme ronde.

Diam., 28 cent.

WILLE

(D'après PIERRE)

48 — ***La Jeune ménagère.***

Dans un intérieur, une ménagère, assise sur un escabeau, tient près d'elle sa petite fille. Çà et là, des ustensiles de cuisine.

Toile. Haut., 41 cent.; larg., 32 cent.

RED. :

26

www.ingramcontent.com/pod-product-compliance
Ingram Content Group UK Ltd.
Pitfield, Milton Keynes, MK11 3LW, UK
UKHW022113170726
13837UKWH00003B/1185

9 782329 247076